Flyhistorier

Flyhistorier

En samling kortprosa
Af Peter Hindsgaul

Flyhistorier
Af Peter Hindsgaul
© 2019 Peter Hindsgaul
1. udgave 2019
Redigeret af Camille Boelt Hindsgaul
Forsidefoto: Peter Hindsgaul
*Forlag: BoD – Books on Demand, København,
Danmark*
*Tryk: BoD - Books on Demand GmbH - Norderstedt,
Tyskland*
ISBN 978-87-7188-958-1

www.peterhindsgaul.dk
www.facebook.com/ForfatterPeterHindsgaul

*Tak til venner for hjælp, kommentarer og opbakning.
Tak til Espresso House/Baresso i Kolding Storcenter
for at lade mig sidde og skrive i timevis.*

Indhold

Málaga - København

Málaga - København

Han vågnede en halv times tid, før de skulle lande i Kastrup. Det var selvfølgelig altid sjovere at være på vej til at lande i ferielufthavnen end i den derhjemme. Men han var alligevel i forrygende humør.

Det havde været en fed uge på Costa del Sol. Hans venner kunne godt nok ikke forstå, at han selv bookede fly og hotel.

"Det er sgu da nemmere at købe hele rejsen, og helt seriøst, du scorer ingen piger, hvis ikke du er en del af holdet!"

Men det var præcis det, det handlede om. Han gad simpelthen ikke at blive placeret på et tomandsværelse med en eller anden tilfældig fisker fra Hundested eller smed fra Roskilde. Og at betale "Ekstra-gebyr, hvis du ønsker at bo alene" var så taberagtigt.

Det havde været lidt dyrere, nej, noget dyrere at lave sin egen tur. Men det havde været det hele værd.

Han var ikke taberen, der ikke kunne finde en, der gad at tage på ferie med ham. Han var overskudspersonen, der nemt kunne arrangere sin egen ferie.

Og det gav pote!

Allerede på fjerdedagen scorede han Thilde.

Den smukkeste brunette fra Vordingborg. Single, men var klar til et fast forhold, når hun fandt den rigtige. Og det havde hun nu, sagde hun, da de kyssede farvel i formiddags, før han tog til lufthavnen. Det havde han også, sagde han. Hun smilede, gav hans nakke et klem, og så kyssede de videre.

Hold da helt kæft hvor vennerne hjemme ville blive rystet. Han smilede og tog sin telefon frem.

Der var Wi-Fi i flyet, så han ville lige sende hende en hilsen, før de skulle lande.

Han startede sin Messenger og ledte efter hende. Hun var der ikke. Nå, den slags sker jo. Forbindelsen var måske ikke helt i top.

Heldigvis var det ikke den eneste mulighed. Han åbnede sin mail.

"Lander om lidt. Savner dig allerede. Glæder mig til, du kommer hjem. To uger er jo ikke meget, når man har noget at se frem til. Kys <3"

Så skrev han partythilde@gmail.com i Til-feltet og trykkede på "Send."

Få sekunder senere kom svaret.

"Den pågældende modtager findes ikke på denne server..."

Billund - Stockholm

Billund - Stockholm

Det var udelukkende, fordi hun havde lært at kontrollere sig selv, at hun ikke rystede som en centrifugerende vaskemaskine. Det ville have været ret pinligt. Men hun hadede at flyve, eller rettere hun var dødsens bange for det. Starten var den værste. Der havde hun følelsen af total mangel på kontrol. Som spillede hun russisk roulette. Et fuldstændig ufarligt spil, medmindre man altså lige var uheldig.

Hun havde prøvet meget for at blive angsten kvit. Hun havde læst statistikker, der viste, hvor usandsynligt det var, at der ville ske noget forfærdeligt. Hun havde selv betalt for at tale med en psykolog. Det havde desværre haft den modsatte virkning. Psykologen var sikker på, at angsten skyldtes en hændelse i hendes barndom og borede det bedste, han havde lært, ned i den. Det eneste han havde fundet var en episode, fra hun var omkring ti år. Hun havde for længst glemt den, og den havde aldrig spillet en rolle i hendes liv. Før nu.

Hun havde leget på på et stenhøfde ved stranden. Pludselig var hendes fod gledet ned og havde sat sig fast mellem to sten. Hun kunne ikke selv få den op, men hun kaldte på sin far, der var lige i nærheden. Han kom hurtigt, fik hånden ned mellem stenene og løsnet hendes sandal. Så kunne hun uden problemer trække sin fod til sig. Situationen havde aldrig været farlig. Der var ikke hverken et højvande eller en tsunami på vej. Der var heller ikke et bo med giftige skorpioner under hendes fod klar til at hugge til. Så det var først nu, femten år senere, at hun var begyndt at vågne om natten skrigende af angst og drivvåd af sved. Mange tak, Hr. Psykolog!

Nu sad hun så, mens flyet tog fart ud ad startbanen, og var både bange for at styrte ned og for at sidde fast.

Hun burde vide bedre. Hun havde efterhånden en del flyveture bag sig, og det gik jo altid godt. Hendes job krævede, at hun fløj, og da hun på mange måder godt kunne lide arbejdet, var der jo ikke så meget at gøre.

Hun kunne recitere sikkerhedsinstruktionerne forlæns og baglæns og på 20 sprog. Sikkert endda i søvne, og det hjalp hende lidt at vide, hvad hun skulle gøre. Altså hvis ikke flyet fløj ind i et bjerg, to måger angreb hver sin motor, piloterne havde regnet forkert, og flyet fortsatte ud på vejen efter startbanen og kolliderede med en tankvogn fyldt med benzin, metaltræthed fik haleroret til at falde af lige efter starten, eller nogle af de andre ting hun havde set på Discovery. Programmer hun hadede og vidste, hun burde holde sig fra, men også programmer, der fascinerede hende.

Hun kunne mærke, at flyet langsomt løftede snuden og kort tid efter slap jorden helt. Tyve sekunder senere kom det tidspunkt, hun frygtede mest. Der hvor lyden i flyet skiftede, så det føltes som om, der ikke længere var luft til at holde dem oppe. Få minutter senere var det værste overstået. Nu kunne hun fortrænge angsten og koncentrere sig om andre ting. Sådan var mønsteret hver gang.

Hun tog en dyb indånding, åbnede øjnene og løftede hovedet. Som så mange gange før forbandede hun sin manglende evne til at sige fra. Men hun ville også så nødig skuffe nogen.

Og hendes pilot-far og chefpurser-mor ville være blevet meget skuffede, hvis hun ikke var gået i deres fodspor og blevet stewardesse.

Valencia - Hamburg
Via Madrid

Valencia - Hamburg
Via Madrid

Det havde været lige ved at gå galt i Madrid. Altså ikke alvorligt som i ulykke og død, men det var på det hængende hår, at han nåede flyet videre mod Hamburg.

Ikke at det havde gjort noget, hvis han var kommet for sent. De to dele af turen var booket under et, så det ville have været flyselskabets ansvar at få ham videre. Måske kunne det ikke blive samme dag, men så skulle de også betale hotel. Det ville egentlig have været fedt, men han havde jo nået det, og det var vel også i orden.

Da han tjekkede ind i lufthavnen i Valencia i morges, så han til sin overraskelse, at han kunne få to stykker bagage med som indskrevet gods. Han valgte at benytte sig af muligheden og afleverede også sin rygsæk, så han ikke havde andet på sig end det strengt nødvendige.

Turen til Hamburg havde været fuldstændig begivenhedsløs, eller rettere, han havde sovet fra flyet rullede ud ad startbanen, til få minutter før det satte hjulene ned på betonen i Hamburg.

Flyet kørte ikke helt ind til terminalen, så der holdt busser klar, da de endelig kunne forlade flyet. Det samme var i øvrigt sket i Madrid og var den egentlige årsag til, at han var ved at miste forbindelsen videre. Det var ikke hans livret. Busserne blev altid overfyldt. Til gengæld betød det ofte, at man ikke skulle vente lige så lang tid på sin bagage.

Inde i hallen begyndte båndet med bagagen fra deres fly at køre næsten med det samme. Han undrede sig lidt over sine medmenneskers adfærd. Hvorfor stod folk ikke en meter eller to fra bagagebåndet? Hvorfor skulle de absolut allesammen ind og stå klods op ad det? Hvis folk trak lidt tilbage, kunne alle overskue alt og, når deres bagage dukkede op, hurtigt få fat på den.

Da hans store kuffert kom, måtte han mase sig ind mellem en familie på fem, der havde valgt at parkere lige så mange bagagevogne foran båndet. De havde været meget utilbøjelige til at rykke så meget som en tomme for at give ham plads. Men det var de blevet nødt til. Han havde kilet sig ind mellem moren og et af børnene og håbede inderligt, at vagterne i bagagehallen var deres opgave voksen, hvis faren blev aggressiv. Faren skulede ondt til ham, men andet skete der ikke. Det var dog nok en god ide at gå et andet sted hen og vente på den lille rygsæk.

Efterhånden som hans medpassagerer fik deres bagage, tyndede det ud omkring båndet, og samtidig med at han konstaterede, at han var den sidste tilbage, gik båndet i stå. Han gik over til informationsskranken, og der var faktisk allerede oprettet en sag. Han skulle blot beskrive sin taske og skrive under på nogle

papirer. Bagagen ville komme til
Hamburg og blive sendt videre til Bil-
lund i løbet af 2-3 dage.

Han trak sin store kuffert hen mod
tolden, da en tanke slog ned i ham som
et lyn, og han standsede op. Nøglerne for
fanden. Bilnøgler, husnøgler, ja alle
hans nøgler. De lå i det lille rum i
rygsækken. Rygsækken, der havde fået
forlænget sit ophold i Madrid.

Han begyndte at gå tilbage mod infor-
mationsskranken. De måtte kunne gøre
noget. Der måtte være andre fly fra
Madrid til Hamburg. Så skulle han
måske betale for at få rygsækken med,
men hvad var alternativet?

Han stak hånden i jakkelommen for
at tage den kvittering, han næsten lige
havde fået frem, og mærkede straks den
kendte fornemmelse af hans nøglebundt
mellem fingrene.

Barcelona - København

Barcelona - København

Han ville bare gerne arbejde. Han var nødt til at arbejde. Det havde været forudsætningen for, at han kunne få fri et par dage og komme ned og se Barcelona spille. Han skulle være færdig med den tekst i dag. Han havde lovet chefen, at den ville komme inden midnat, så han – altså chefen – kunne bruge natten på at samle det hele sammen og sende det til kunden inden deadline i morgen kl. 9.00.

Han vidste, at hans tekst var blandt de få, der stadig manglede. Teksten til en ny kundes bud på et morgenmadsprodukt, markedet i forvejen var mættet af. Det var en kæmpestor kunde, der kunne blive game changer for hele reklamebureauet. De ville blive spillere på førsteholdet. Hvis han fik skrevet sin tekst.

Hans tekst var nok den vigtigste. Han skulle præsentere produktet, så alle troede, at det virkelig var noget helt nyt.

Og nu kunne han ikke skrive en skid!

Han kunne ellers sagtens arbejde i et fly. Han havde engang set en reklamefilm for SAS med Bille August, der påstod at have skrevet alle sine filmmanuskripter i et fly. Et SAS-fly. Han kendte naturligvis selv reklamebranchen ud og ind, så han vidste, at det var løgn, men Bille August skulle såmænd nok have skrevet nogle af sine ting, mens han fløj.

Men Bille August havde garanteret ikke siddet ved siden af en skrigende baby! Det eneste tidspunkt siden starten, hvor ungen ikke havde skreget, var, mens de fløj gennem noget rimelig kraftig turbulens. Da kunne han godt nok heller ikke skrive, for bordet skulle slås op og laptoppen lægges ned på gulvet. Ungen, derimod, havde en fest, hvis man skulle tro på de latterudbrud, der kom.

Efter ti minutter kom de igen ind i roligt vejr, og i første omgang virkede det, som om rysteturen havde lullet

babyen i søvn. Han lod skuldrene falde
ned, lagde hænderne på tasterne og
skulle lige til at lade sit kaos af tanker
og ideer blive sorteret, samlet og ud-
viklet på vejen mellem hjerne og finger-
spidser, da et vræl fra sidemanden
stoppede den proces.

Man måtte lade moren, at hun gjorde,
hvad hun kunne. Stewardesserne
prøvede også alt muligt for at aflede
barnets opmærksomhed. Men uden det
store held.

Han havde overvejet at booke en
plads helt fremme i flyet. På første
klasse eller business class eller hvad det
hed nu om stunder. Det var nok der,
Bille August havde siddet. Men han var
bange for, at det var et forkert signal at
sende. Så nu sad han på 17E med en
sovende teenager på vinduespladsen til
højre og en frustreret mor med en
grædende baby på gangpladsen til ven-
stre.

Og han kunne ikke arbejde. Pis!

Nå, han måtte så bare isolere sig og knokle, når han var kommet hjem. Så skulle han nok nå det alligevel, men det var ikke helt det, han havde regnet med, at søndag nat skulle bruges til.

"Gider du ikke lige holde ham, jeg er ved at tisse i bukserne?"

Han så desperat på barnet, der blev rakt over til ham.

"Tag dig nu sammen, for fanden," hvæsede moren. "Det er sgu da også dit barn!"

København - Hamburg

København - Hamburg

Det havde været en rædselsfuld morgen.
Han var vågnet alt for sent. Stikket var
faldet ud af hans telefon, så strømmen
var væk. Ingen strøm er lig med intet
vækkeur!

Cille skulle først møde klokken ti, så
hun sov stadig, da han vågnede af sig
selv ved seks-tiden. Stadig tidligt på
dagen, men når flyet skulle afgå klokken
8.05, og det ville tage godt en time at
komme til lufthavnen, var udfordringen
til at få øje på.

Han måtte have bandet højere, end
han egentlig ville, for Cille var vågnet.

"Kan du for helvede ikke være lidt
rolig? Jeg har sgu da også behov for
søvn!"

Sådan plejede hun ikke at tale. De
havde været gift i 12 år efterhånden.
Snart kobberbryllup. Skulle de mon
holde noget? Nej, det gad han ikke bruge
energi på nu, og Cille var faldet i søvn
igen med det samme, så med lidt held
havde hun helt glemt, hvad der var sket,

når hun skulle vågne planmæssigt om et par timer.

Han var et af den slags mennesker, der ikke fungerede uden kaffe om morgenen. Stærk kaffe. Og masser af det! Men det var der ikke tid til.

Et hurtigt brusebad med dertilhørende tand-, skæg- og hårritualer. På med jakkesættet han heldigvis havde taget frem aftenen før og så ned til busstoppestedet i en helvedes fart. Han havde overvejet en taxa, men det tog faktisk længere tid end bussen til Kongens Nytorv og metroen resten af vejen.

Han kunne nå at købe en Latte-to-go med fra Kongens Nytorv. Så lang tid kunne han godt vente. Det, han ikke havde taget med i sine beregninger, var de femten andre, der både ville have kaffe fra caféen og var kommet før ham. Han droppede projektet og skyndte sig ned i metroen.

Toget kom næsten med det samme. En lortestart på en dag var efterhånden ved at blive overskygget af normalitet. Heldigvis! Han manglede dog stadig fornemmelsen af, at den varme kaffe skyllede ned gennem hans indre, og koffeinen langsomt men sikkert blev optaget i nervebanerne. Men i lufthavnen ville det ikke blive noget problem. Han skulle bare gennem sikkerhedstjekket, så vidste han præcis, hvad han havde af tid.

Enten var der mange, der skulle afsted på det tidspunkt, eller også var sikkerhedskontrollen underbemandet. Nok det sidste. Der var stadig 20 minutter, til hans gate lukkede, og den estimerede ventetid var kun på ti minutter trods alt.

Da han endelig var kommet gennem tjekket, skyndte han sig hen mod gaten. Han havde fået gate-nummeret på sin lufthavns-app, så han slap for at studere de store lystavler. Desuden havde han taget turen så mange gange, at han vidste ret præcist, hvilken vej han skulle løbe og, hvad der var vigtigt, hvor han hurtigt kunne gribe en kop kaffe.

Det første han hørte, da han kom ind i fingeren, var højttalerudkaldet. "Passagerer til SAS/Star Alliance SK1641 til Hamburg skal omgående gå til gaten. Gaten lukker om et øjeblik!"

Han løb forbi alle de tre steder, hvor han kunne have fået kaffe.

Selv om han var den sidste, der gik ombord, var der kun venlige smil fra personalet. Det var nok en af fordelene ved at flyve med et anerkendt flyselskab. Elastikken var ligesom lidt længere. Og så var der jo også en kop kaffe ombord.

Turen var ganske kort, men stewardesserne plejede alligevel ikke at have problemer med at nå at komme rundt til alle passagererne.

Lampen med sikkerhedsbælterne var også kun lige slukket, da de begyndte at servere kaffen. Han sad på tolvte række sådan cirka midt i flyet, så inden alt for længe ville hans trang blive forløst. Vognen var allerede nået til række 10, og han kunne dufte kaffen.

Pludselig rystede det gevaldigt i flyet, og lampen med sikkerhedsbælterne blev tændt. Stewardesserne skyndte sig at trække deres vogn tilbage til det lille pantry i flyets forende.

"Ja, mine damer og herrer," lød kaptajnen i højttaleren. "Vi er desværre kommet ind i noget uventet turbulens, så vi må stoppe udskænkningen. Vi er heller ikke så langt fra at begynde nedstigningen. Spænd venligst Deres sikkerhedsbælte og hold det fastspændt, til vi holder stille foran gaten i Hamburg!"

Madrid - København

Madrid - København

Det var første gang han så Øresundsbroen fra luften. Det slog ham, at den
egentlig var meget smukkere heroppefra, end når man kørte på den. Ikke at
han havde gjort det så tit. Der havde
ikke rigtig været anledning til det. Han
kendte ingen i Sverige og kunne egentlig
kun komme i tanke om dengang, han
var på Bornholm med sin datter. Den
sommer, hvor hans kone var død om foråret. Den sommer, hvor han indså, at
hvis han nogensinde skulle være noget
for sin datter, var det nu. Det var hårdt
at miste sin kone, men det var måske
endnu hårdere for en 15-årig pige at
miste sin mor.

Han kom til at tænke på det gamle
Clapton-hit "Motherless Children." Helt
stille inde i sig selv sang han nogle af
linjerne. "Father will do the best he can.
So many thing a father can't
understand. Motherless children have a
hard time when their mother is dead,
Lord."

Det var en dejlig ferie på Bornholm.
Selvom han selvfølgelig ikke havde
kunne erstatte sin kone som mor, og det
skulle han jo heller ikke, mente han, at
han havde fået knyttet nogle bånd til sin
datter, der ikke havde været der
tidligere. De havde i hvert fald fået et
meget nært forhold til hinanden.
Heldigvis respekterede hendes mand
det. Han havde ellers hørt fra kolleger,
at ens datters kærestes vigtigste opgave
var at frigøre hende fra sin far. Nu var
han oven i købet beriget med to
børnebørn.

Han håbede at se dem snart, men det
var desværre langt fra givet, at det ville
blive sådan. De boede i Lemvig, og han
ville opholde sig i og omkring
København det næste stykke tid.
Egentlig var det et helt reelt spørgsmål,
om han nogensinde så dem igen.

Det var et stykke tid siden sidst. De
havde skrevet flittigt sammen og talt i
telefon. Men direkte kontakt var tæt på

et halvt år siden. Det var jo en ret spontan beslutning at flytte til Spanien. Han havde mistet sit arbejde, men mente egentlig, at han havde penge nok til at leve uden. De sidste 6-7 år havde han boet i en lejet lejlighed, huset og haven var simpelthen blevet for omfattende, og sådan en lejlighed var det jo ret nemt at komme væk fra.

Han havde håbet at få længere tid i Spanien. Nyde det stilfærdige liv i den lille landsby syd for Madrid. Men sådan skulle det ikke være. Ligesom hans kones død lå det langt væk fra hans muligheder at kunne kontrollere det. Sådan var det bare.

Flyet standsede ved terminalen, og kort tid efter rejste de fleste af hans medpassagerer sig og begyndte at rode efter håndbagage. Men ikke ham. Han blev siddende, mens de andre langsomt forlod flyet.

Han havde fået oplyst, at han bare skulle blive siddende. Når kabinen var

tømt, ville der komme en og hjælpe ham
ud.

Da han så en mand komme ned
gennem midtergangen mod ham,
funderede han for gud ved hvilken gang
over, hvor mange år i fængsel underslæb
for 5 millioner kroner ville udløse.

Malta - Billund

Malta - Billund

"Cabin crew, take seats for landing!"

Kaptajnens myndige stemme lød i højttaleren. Så var der ikke mange minutter, til de ramte betonen i Billund. Han fløj tit, så han vidste, at den melding kom så sent, at kabinepersonalet praktisk talt kun lige kunne nå at spænde sig fast, før flyets hjul ramte landingsbanens beton.

Han havde været væk en måned i embeds medfør. Det var han nogle gange om året, og det var fint. For det første var det jo en del af jobbet, når man var både højt betroet og lige så højt betalt medarbejder i en af landets største ingeniørvirksomheder. For det andet var han barnløs single og nød at lære andre steder at kende. Han trak lidt på smilebåndet. Ja barnløs var han, men ikke længere single!

I firmaet havde de en tradition med at gå ud og få et par øl aftenen før, en af dem skulle på en længere udsendelse. Selvfølgelig ikke hele firmaet, men den halve snes, der havde mest med hinanden at gøre fagligt.

Normalt drak han kun en enkelt øl og gik så hjem, men for en måned siden, da det var hans udsendelse, de markerede, blev det lidt vildere for ham. Det betød ikke det store, for han skulle først flyve meget sent næste aften, men et par af kollegerne skulle nok have haft behov for et halvt rundstykke med panodiler til morgenmad.

Det havde været rigtig hyggeligt, og da hans normale kontorfælle sagde godnat og ønskede ham god tur, gik der faktisk et øjeblik, før det gik op for ham, at han var sidste mand. Han havde lige fået en ny øl, så i stedet for at blive i halvmørket i den sofagruppe de havde siddet i hele aftenen, satte han sig op til baren, hvor der var noget lysere.

Han var småberuset, men ikke værre end at han sagtens burde kunne både drikke ud og forlade stedet uden at komme til skade. Da han havde siddet og kigget på sin øl nogle minutter, satte der sig en kvinde ved siden af ham. Han nikkede høfligt til hende og stirrede videre på at skummet langsomt forsvandt fra øllets overflade.

"Ladt tilbage af vennerne?" spurgte hun ham, da hun havde fået sin drink af tjeneren.

Han gad egentlig ikke at snakke med fremmede, men drejede alligevel sin barstol lidt i hendes retning og smilede til hende.

"Ja, de stakler skulle jo på arbejde i morgen."

"Og det skal du ikke?"

"Nej, fri!"

Til hans overraskelse blev han nervøs for, om hun troede, at han var arbejdsløs.

"Stilhed før storm, forstår du," skyndte han at tilføje.

Hun var faktisk ret køn, lagde han mærke til. Omkring 40, altså rundt regnet fem år yngre end ham selv. Ikke

ret stor, pæn i tøjet og en elegant,
diskret make up. Nå, han havde
stadigvæk næsten en hel øl, så hvis hun
ville sludre en halv times tid, var det da
ok. Hun var rigtig sød at snakke med, og
den ene drink tog den anden. Da baren
skulle til at lukke, spurgte hun, om han
ville med et andet sted hen.

"Jeg tror, vi er omkring tyve år for
gamle til at få det sjovt på de steder, der
er åbne nu," svarede han.

"Øv, jeg kunne ellers godt drikke en
kop kaffe."

"Jamen du skal da være velkommen.
Jeg bor ikke så langt væk, og kan da
godt lave en kop kaffe til dig," sagde han
halvt i spøg.

"Det er dagens bedste tilbud, jeg siger
ja tak," svarede hun omgående.

De forlod baren og gik hjem mod hans
lejlighed. Det var lidt uventet at skulle
have gæster nu, men hvad fanden. De
tog elevatoren op til hans etage, og han
låste dem ind.

"Det er så mit slot," sagde han, da de var kommet indenfor. "Lejligheden er, som den slags er, men udsigten ud over fjorden er fantastisk. Kom!"

Han overraskede igen sig selv ved at tage hendes hånd og føre hende gennem stuen hen til altandøren. Med sin frie hånd fik han den åbnet og trak hende blidt hen til gelænderet.

"Du har ikke højdeskræk, vel?" spurgte han og så på hende.

"Nej, slet ikke. Wow! Sikke en udsigt!"

Han ville slippe hendes hånd, før det blev akavet, men hun holdt fast, og med sin anden hånd tog hun fat i hans skulder og drejede ham så de stod med ansigterne mod hinanden.

Resten var nærmest efter bogen. De kyssede, snakkede, drak kaffe, snakkede, kyssede, elskede, sov, vågnede, elskede, badede og kyssede, før de spiste morgenmad. Det var ikke optimalt, at han skulle være væk en måned, men hun ville være der, når han kom hjem. Det lovede hun.

De havde haft kontakt, mens han var væk. Den sidste uge havde hun dog haft ret travlt, så hendes svar havde været lidt tøvende eller henholdende.

Flyet var kommet hen til terminalen, og da de kunne komme ud, var han en af de første. Nu håbede han bare, at kufferten kom hurtigt. Hun ville nemlig hente ham. Hans bil holdt i parkeringshuset, men hun ville tage en bus, havde de aftalt for et par uger siden. Efter knap et kvarter var han ble- vet genforenet med sin bagage og gik gennem tolden. Han glædede sig helt ekstremt meget til at se hende og kysse hende, så med et kæmpe smil gik han gennem skydedøren ud i ankomsthallen.

Han konstaterede hurtigt, at hun ikke var der og smilet forsvandt straks. Selvfølgelig. Det kunne han have sagt sig selv. Snydt igen pisse naive idiot!

Han trak sin kuffert over mod parkeringshuset i markant dårligere humør. Halvvejs derovre mærkede han et ryk i armen.

"Velkommen hjem skat. Bussen var forsinket, og din telefon er vist stadig i Flightmode."

Aalborg – London

Aalborg – London

Endelig, endelig, endelig! Flyet var i luften, og om knap to timer ville de lande i London. Han skulle være inde i city kl. 19, og det kunne han. Ikke med den helt store margin, men stor nok til at han ikke behøvede at være nervøs.

Selvfølgelig kunne der opstå problemer. Toget kunne bryde sammen, eller en strømafbrydelse i lufthavnen kunne sende dem et helt andet sted hen.

I det første tilfælde var der vel ikke andet at gøre end at kaste sig ind i en taxi, og i det sidste tilfælde ville de enten lande i en af Londons andre lufthavne eller få så stor en kompensation fra flyselskabet, at han kunne gøre turen om en anden gang.

Han mente bestemt at have gennem-spillet samtlige scenarier på sin indre skærm. Risikoen for, at der skulle komme noget på tværs mellem ham og Les Misérables i aften, var så lille, at ikke-eksisterende var det begreb, der dækkede bedst.

Han elskede musicals. Det havde han gjort, siden han var lille. Han havde også en gang tidligere været i London og også dengang set Les Misérables, men han havde ikke helt forstået historien dengang. Siden havde han set den nede på Aarhus Teater. Det havde været fantastisk, men det var en lidt nedskaleret version.

Han så alle de musicals, han kunne komme i nærheden af i Danmark. Altså professionelle opsætninger. Han havde nogle gange prøvet at tage til amatøropsætninger i nogle af omegnsbyernes forsamlingshuse. Og det var da bestemt hyggeligt. Det var bare ikke altid, at hele ensemblet havde talent nok til at tilfredsstille instruktørens ambitioner. Så det var han holdt op med.

Der blev heldigvis opført gode musicals i Danmark. Først og fremmest i Fredericia, men København og Aarhus fik også deres del af bolsjerne. I år havde han været to gange i København, en enkelt gang i Fredericia og desuden en tur i Musikhuset i Aarhus.

Les Misérables i London var næsten en slags sæsonafslutning. Han havde sparet sammen et stykke tid, så han virkelig kunne give den gas. Intet skulle mangle.

Han smilede lidt for sig selv. Billet på første række midt for. Bedre fandtes ikke. Han ville bogstaveligt talt få skuespillernes spyt i hovedet, når de sang igennem. Måske havde det været lidt ekstravagant at få billetten tilsendt i stedet for bare at afhente den, men den havde været så rar at gå og kigge på i ventetiden.

Pludselig følte han maven snøre sig sammen og blodet forlade ansigtet. Billetten hang stadig hjemme på døren til køleskabet!

Billund - Paris

Billund - Paris

Gangplads og prioriteret boarding hang egentlig ikke sammen. Jo, han var da en af de første på flyet og ja, hans kabinekuffert, der præcis opfyldte de tilladte mål, ikke en millimeter for lille og ikke en for stor, lå fint i rummet lige over hans hoved, men prisen var jo så, at han skulle rejse sig, når hans sidemænd skulle ind. Men sådan var det. Gangpladsen var alligevel hans favorit.

Han så hende igen, da hun gik ned gennem midtergangen på den der sjove måde, man kun går på i et fly. Hovedet akavet på skrå, så man kan se de små skilte med numrene på sæderækkerne, mens resten af kroppen lever sit eget liv og bare går fremad. Han havde set hende ude ved gaten, og tænkt at hende gad han da godt sidde ved siden af. Brunette i slutningen af trediverne, fantastisk flot krop og de der helt sorte øjne, han aldrig havde kunnet stå for.

Den slags præferencer havde han undertrykt i næsten ti år, men nu hvor det endelig var lykkedes for ham at blive skilt fra sin kone, der i øvrigt havde stålgrå øjne, kunne han slå sig løs.

Ganske rigtig skulle hun sidde på hans række, så han sprang op fra sit sæde, hjalp hende med at få plads til håndbagagen og smilte sit mest charmerende smil. Indtil hun satte sig på vinduespladsen, lagde hovedet op ad kabinevæggen og faldt i søvn.

Lidt senere kom en stor fyr med det, der i aviserne hed et mellemøstligt udseende, ned gennem kabinen. Han rejste sig selvfølgelig op, så Mellemøsten kunne få sin midterplads, og stod også pænt og ventede, mens den nyankomne desperat kæmpede for at få sin ret lille rygsæk placeret. Heldigvis kom en af stewardesserne og hjalp, og rygsækken blev placeret i rummet lige på den anden side af midtergangen.

Det var virkelig som at tabe i Ludo. I stedet for en skønhed af en brunette, han garanteret kunne have snakket med hele vejen til Paris, og hvem ved, måske også derefter, skulle han nu sidde og gnubbe skuldre med en lettere overvægtig og ekstremt svedende mellemøster.

Han havde da aldrig oplevet en voksen mand være så urolig før en flyvetur. Mellemøsten gled frem og tilbage i sædet, i hvert fald i det omfang forskellen mellem sæde- og kropsbredde tillod det. Konstant tog han også inflight-magasinet fra lommen i sædet foran, bladrede et par sider frem og tilbage og lagde det på plads igen. For så at gentage manøvren få sekunder senere.

Mellemøstens adfærd vækkede også en lille nervøsitet i ham selv. Der var vel ikke ved at skulle ske noget alvorligt med dem? Man læste jo så meget om, at den slags kunne finde på det værste i deres guds navn.

Nej, sikkerhedskontrollen i Billund var god, så det var ikke muligt for nogen som helst, heller ikke Mellemøsten, at smugle våben eller sprængstof ombord. Eller var det? Burde han få fat på en stewardesse? Udelukket! Uanset om der var noget om det eller ej, ville han blive udskreget som racist. Og det var han absolut ikke. Han mente selvfølgelig at de, der kom til hans land, skulle opføre sig ordentligt, og det kunne han jo hele tiden læse på nettet, at de fleste ikke gjorde. De talte jo ikke engang dansk. Det var det i hvert fald åbenlyst, at Mellemøsten ikke gjorde. Han havde ikke sagt et eneste ord endnu.

Nu var det under alle omstændigheder for sent. Flyet tog fart ud ad startbanen, og snart var de i luften. Mellemøsten var tilsyneladende faldet lidt til ro, og når han betragtede ham under dække af at forsøge at se lidt ud af vinduet bag ved brunetten, kunne han kun se hans læber bevæge sig uden, at der kom lyd ud mellem dem.

Stewardessen havde kun lige nået at annoncere, at kaptajnen havde slukket skiltet med "Fasten Seat Belts", og toiletterne var åbne, da Mellemøsten kiggede desperat på ham og begyndte at rejse sig.

Han skyndte sig selv at komme op og stå, og Mellemøsten skyndte sig ned mod bagenden af kabinen stadig mumlende uden lyd.

En frygtelig tanke slog ned i ham. Han er vel ikke ved at bede. Det havde han læst, at de altid gjorde, inden de spredte skræk. Igen overvejede han at kontakte personalet. De kunne vel hurtigt lande et sted, hvis det skulle være. Men igen lod han være. Han vidste faktisk ikke, hvad han skulle sige. Statistikken var jo heldigvis i favør af ingen problemer. Men det havde den jo også været den dag for nogle år siden, da en andenpilot forsætligt smadrede et stort passagerfly ind i en bjergside. Eller da...

Han blev med et revet ud af sit tankespind af en dyb jysk stemme bag ham.

"Det må du fandme undskylde."

Han drejede hovedet rundt og kiggede op på Mellemøsten.

"Jeg var pisse uhøflig, da jeg kom ind. Det må du fandme undskylde."

Han rejste sig, så Mellemøsten kunne komme på plads.

"Jeg sagde jo hverken goddag eller noget. Men jeg var til en sommerfest i går og var simpelthen bange for at kaste op på dig, hvis jeg åbnede munden. Når stewardessen kommer med vognen, giver jeg en bajer, ikk?"

København - Dublin

København - Dublin

Han kunne næsten høre den pint of Guinness, der stod og kaldte på ham fra en pub i Dublin. Ikke fordi han brød sig så vildt meget om Guinness. Han var ikke rigtig en stout-fyr, han var mere en ale-fyr. Men det hørte sig jo til, når man kom til Irland. Og det var han kommet nogle gange de seneste år.

Han havde ikke noget specielt ærinde. Ingen familiemedlemmer eller gamle venner boede i byen, så det var på hotel, lodge eller B'n'B hver gang. Det var ikke billigt, men som oftest havde han kun tre overnatninger, så det var trods alt inden for hans økonomiske muligheder.

Han plejede at flyve med et af lavpris-selskaberne, men denne gang var det det gamle hæderkronede, og vistnok kronisk økonomisk nødlidende, nationale flyselskab, der var billigst. Han havde oven i købet været heldig at få en af pladserne ved nødudgangen over vingen, så han havde også oceaner af benplads. Eneste minus var, at det var midterpladsen, men flyet blev næppe fyldt helt op, så med lidt held kunne han skifte senere.

Han var ikke decideret faldet i søvn, men i den tilstand, hvor han godt kunne høre, hvad der skete omkring ham, men var alligevel fuldstændig afslappet som i en trance.

"Du sidder ved nødudgangen. Vil du være i stand til at hjælpe, hvis det bliver nødvendigt?"

Han slog øjnene op og så ind i det smukkeste kvindeansigt, han havde set i mange år. Han mindedes kun at hans senere hustru havde været smukkere, da han mødte hende første gang. Det indtryk falmede gevaldigt ti år senere, da han kom nogle timer for tidligt hjem fra arbejde og fandt hende i deres seng sammen med en af hans - indtil den dag - bedste venner.

Han kunne se på stewardessens navneskilt, at hun hed Tina.

"Øh, ja. Naturligvis. Hvordan?"

"Det er ret nemt. Hvis vi nødlander, skal du bare skubbe den der klap til side," hun pegede, "og trække i det store håndtag. Så er nødudgangen åbnet."

"Det bør jeg kunne finde ud af."

Han smilte det største smil han kunne. Hold kæft hun var flot.

Om hendes smil var rent professionelt, kunne han ikke afgøre, men det virkede ærligt.

"Vi ses senere."

Hun gik frem i kabinen og hjalp de sidste passagerer med at få deres bagage placeret sikkert i rummet over dem.

Da kabinepersonalet gennemgik sikkerhedsprocedurerne, stod hun til hans udelte glæde næsten lige foran ham. Han kunne nu stirre på hende fuldstændig legitimt. Glæden blev kun større, da det viste sig, at hendes sæde ved start og landing var sædet ved siden af hans. Ikke det mod vinduet, der

stadig var ledigt, men det mod midter-
gangen. Han droppede straks enhver idé
om at skifte plads.

"Så går det mod Dublin," sagde hun,
da hun havde sat sig og spændt sit
sikkerhedsbælte.

"Ja, dejlig by," svarede han. "Du må
kende den godt."

"Overhovedet ikke. Jeg har været der
20-30 gange, men aldrig mere end en
times tid og aldrig uden for flyet."

Hvor gammel mon hun var?
Umiddelbart skød han på godt tredive.
Ikke 35, men på vej.

"Hvad med dig?"

"Efterhånden en god håndfuld gange,
men noget længere tid end dig hver
gang."

"Besøger du familie eller den slags?"

"Nej. Det lyder måske nørdet, men
der er et lille teater, der viser
frokostforestillinger. Jeg plejer at se et
par stykker om året. Eller det har jeg
gjort de sidste tre år."

Det var nok for tidligt at forklare, hvordan hans liv havde ændret sig for tre år siden. Og det var jo også ligegyldigt. Det var hyggeligt at snakke lidt med hende. Ingen grund til at krænge sig selv ud og ødelægge den gode stemning.

"Jeg elsker teater. Det må jeg høre mere, om når vi skal lande. Nu kalder pligten. "

På selve flyveturen skete der ikke rigtig noget. Ikke for ham. Hun knoklede selvfølgelig, men han fik et bredt smil hver gang, hun passerede ham.

Da hun var tilbage på sin plads før landingen, fik de snakket lidt teater. Han nåede også at fortælle, at han var single, og hun nåede at fortælle, at hendes overbo tog sig af katten, når hun var væk længere tid, hvad der jo i virkeligheden også betød single.

Alt godt har en ende, og da flyet var bremset ned til taxi-fart efter landingen,

rejste hun sig, smilte til ham og gik frem
i flyet. Han sad tilbage med dels en rar
fornemmelse efter at have hyggesnakket
med et sødt menneske dels en ærgerlig
fornemmelse over, at det kun havde
været to gange fem minutter og så
aldrig igen.

Han lod alle gå forbi sig, da de skulle
fra borde, så han kunne blive den sidste.
Han vidste ikke helt hvorfor, hun havde
jo ikke tid, og sikkert heller ikke lyst, til
at fortsætte samtalen oppe ved døren.
Da han kom frem, smilede han til hende
og takkede for turen. Hun smilede
tilbage, og til hans overraskelse bukkede
hun sig ned.

"Du tabte noget," sagde hun, da hun
var kommet op igen og gav ham et lille
stykke pap.

Han kiggede spørgende på hende,
men hun havde anlagt en fuldstændig
neutral mine.

"Tak for denne gang og god ferie," var
det sidste, hun sagde til ham.

På vej op mod paskontrollen så han på pappet. Det var i hvert fald ikke noget, han havde tabt. Han skulle lige til at smide det i en affaldsspand, da han så bagsiden.

Der var skrevet noget med grøn kuglepen.

"Ring til mig på torsdag efter kl. 17, hvis du har lyst," stod der og så +45 efterfulgt af 8 cifre.

Nederst på papstykket stod der blot Tina efterfulgt af et tegnet hjerte.

København - Aalborg

København - Aalborg

Han glædede sig til et par dage i
Aalborg med sin kones bror og hans
familie. Måske var det lidt ødselt at
flyve i stedet for at tage toget, men det
var meget sjældent, at han skulle så
langt, og så var det faktisk kun ganske
få hundrede kroner dyrere. Og meget
hurtigere. Hvis de begge skulle have
været afsted, var de uden tvivl taget
med toget, og så havde de spillet kort
eller sådan noget hele vejen. Men denne
gang var han alene. Det meste af tiden
ville jo gå med, at hans svoger skulle
hjælpe ham med at forberede sig til
hans prøve.

Han fandt en vinduesplads et stykke
nede i flyet. Det var ikke svært, der var
højst 25 passagerer på flyet. Han
registrerede svagt, at der sad et par
piger på rækken bag ham.

Flyet lettede ud over Øresund, og han
nåede lige at se et glimt af broen til
Sverige, før de fløj ind i skydækket. Det
var vel egentlig noget af det, der var

dejligt ved en flyvetur. Vejret nede på jorden kunne være vådt og skyerne mørkegrå, men når man var kommet et stykke op, skinnede solen altid, og udsigten lignede mest af alt et bjerglandskab dækket med et fint lag puddersne.

Der var tilsyneladende andre i flyet, der også godt kunne lide det syn.

"Det er bare mit ynglingstidspunkt på turen," sagde en af pigerne bagved ham til den anden.

"Yndlingstidspunkt!" tænkte han. Men det var langt fra første gang, han havde hørt den fejl, og måske kunne det skyldes dialekt. Langt værre var det, når forvekslingen optrådte på skrift. "Mit yndlingshold er et ynglingehold." Den sætning plejede han at slynge ud, når nogle brugte det forkerte ord. Men det ville nok være upassende heroppe.

Pigerne snakkede ivrigt med hinanden. Han lyttede ikke efter, var faktisk ikke nysgerrig af natur, men af og til kunne han ikke undgå at høre brudstykker af samtalen.

"... da han så så, at jeg havde Anders' t-shirt på blev han vildt mistænkelig. Det var ikke til at holde ud."

Han smilede lidt. Tit kunne han sagtens sætte billeder på den slags verbale blomster, men denne var for svær. Det eneste, han kunne forestille sig, var værre end en mistænkelig kæreste, var en mistænksom en af slagsen. I hvert fald hvis det var ubegrundet.

Det var måske ham, der var en pedant, men han mente, at sproglig korrekthed var et vigtigt middel til at undgå misforståelser. Veninden bagved var mindre krævende. Hendes bidrag til samtalen bestod stort set kun af et enkelt ord: "præcis." Og det måtte jo betyde, at hun havde forstået. Ikke mindst i lyset af, hvor ofte hun brugte ordet.

Pigerne havde åbenbart skiftet emne, eller måske var de bare fortsat ud ad en tangent, der nu førte dem til at snakke om den enes mor.

"... det er heldigvis kun imidlertidigt, at hun skal bo der..."

I tankerne rystede han på hovedet. Det ord, imidlertidigt, eksisterede simpelthen ikke. Imidlertid blev det flittigt brugt, og han havde efterhånden indset, at misforståelsen ikke kun var midlertidig.

"Hun er jo heller ikke helt ung længere," fortsatte samtalen bag ham. "Hun er vel nærmest det, man kalder en middelaldrende kvinde."

Det kaldte man hende nok næppe. Eller det gjorde man åbenbart. Var det virkeligt så svært? Han kunne sådan set godt forstå, at man lavede nogle grammatiske fejl hist og her. Et nutids-r kunne jo være svært at høre, og så glemte man det måske, når man skrev. At der var nogle, der sagde "sys" i stedet for "synes", kunne han også uden videre acceptere. Det var vel nærmest slang, og

84

han tilgav såmænd også de, der altid syntes men aldrig synes.

Decideret forkert anvendelse af ord var noget andet. Han forstod det ikke. Selvfølgelig kunne man tage fejl af svære eller nye ord. Men at helt almindelige faste vendinger uimodsagt fik lov til at blive maltrakteret, var ham ubegribeligt.

Heldigvis var turen fra København til Aalborg ikke ret lang, så flyet satte snart hjulene på landingsbanen lidt nord for Limfjorden.

Han glædede sig til at snakke med sin svoger. Svogeren var dansklærer på et af byens gymnasier, og ligesom ham selv var han lidt af en nørd, når det handlede om det danske sprog, så han var den helt rette til at hjælpe med at få de små sproglige finurligheder på plads.

Pigerne gik nu lidt foran ham gennem flyets midtergang, men ikke længere væk end at han nemt kunne høre dem konversere. Eller konservere, hvad han i sit stille sind var fuldstændig overbevist om, at de troede, det hed.

"Oprindeligt talt, hvis bussen er fuldt op, går jeg fuldstændig i baglås."

Nå, nu blev de åbenbart nødt til at sende fejlene afsted i grupper, for at de kunne nå dem alle, inden de betrådte den jyske jord.

Måske var ungdommen bare sådan, og måske skulle han ikke bekymre sig så meget om det. Forhåbentlig voksede de fra det en dag, og i øvrigt havde han andre og større ting at bekymre sig om: Der var nu mindre end tre uger, til han skulle til prøve.

Han havde været til mange prøver gennem sit liv, så det var ikke almindelig eksamensskræk. Den slags havde han aldrig lidt af. Men han havde heller aldrig før været til en sprogprøve, der var afgørende for, om han som pakistaner kunne få permanent opholdstilladelse, så han måtte blive i landet med sin danske hustru.

Billund - Edinburgh

Billund - Edinburgh

Turen med bussen til lufthavnen havde været ret ubehagelig. For det første hadede han at køre med bus over længere strækninger, og for det andet havde chaufføren kørt som en pose nødder. En masse hårde opbremsninger og alligevel alt for meget fart når de svingede havde gjort sit ved maven. Desværre var der ikke noget alternativ. For to dage siden havde han måtte bruge sit abonnement hos vejhjælpsfirmaet til at få sin bil trukket på værksted. I går havde hans mekaniker så ringet og fortalt, at gearkassen skulle skiftes. Selvom værkstedet kunne skaffe en brugt, ville det alligevel komme til at koste knap 9.000 kr.

Penge han ikke havde.

Han havde overvejet at blive hjemme, men det ville egentlig hverken gøre fra eller til. Han havde forudbetalt fly og hotel uden mulighed for at få noget tilbage, og han havde købt billetter til de seks shows, han skulle se på festivalen i

Edinburgh. Så det eneste, han kunne spare, var sådan set hans måltider, og det ville ikke engang skaffe 10 procent af det, han manglede.

Nå, han kunne ikke gøre noget nu, så det skulle ikke ødelægge hans tur. Det skulle den elendige chauffør heller ikke.

Efter han havde afleveret sin bagage ved skranken, valgte han at sætte sig ned og få en kop kaffe og et glas vand før turen gik gennem security. Det hjalp, og hans kvalme forsvandt heldigvis igen.

Han købte tit fasttrack gennem sikkerhedskontrollen. Det virkede som om alle charterfly afgik på samme tid fra Billund, så der var nogle gange en ubeskriveligt lang kø. Det kostede lidt, men han hadede at stå i kø sammen med horder af forventningsfulde turister, der tilsyneladende også mente, at en naturlig del af en charterrejse var at drikke to guldøl i lufthavnen allerede før security, selvom klokken kun var syv om morgenen. Heldigvis havde han undladt det denne gang, for der var næsten ingen kø.

Allerede mens han stod i køen, tog han sin computer op af sin lille rygsæk. Han tog også sit bælte af og priste sig lykkelig for, at han havde husket at tage nogle bukser på, der kunne holde sig oppe uden livrem. Det var ikke alle, der havde det. Sammen med pung, pas, nøgler, rejsedokumenter og hans jakke blev bæltet lagt ned i rygsækken, så han kun havde den, computeren og telefonen i hænderne. Der var ikke metal i hans sko, så dem måtte han gerne beholde på.

Han kunne godt lide sikkerhedskontrollen i Billund Lufthavn, eller Billund Airport, som den officielt hed nu. Folkene var altid søde og venlige. Det var selvfølgelig vigtigere, at de var dygtige, men det var han overhovedet ikke i tvivl om, at de var. Da det blev hans tur, gik han roligt gennem scannerporten og blev ret overrasket over at høre den hyle.

Med et smil bad sikkerhedsvagten ham om at stille sig op på en taburet og sprede armene ud.

"Åh, undskyld," sagde han til vagten. "Jeg har da helt glemt min halskæde."

"Nej, det er ikke den. Den kunne jeg sagtens se. Du er blevet valgt helt tilfældigt af maskinen."

Han tænkte at det ville være ret belejligt, hvis Danske Spil også gjorde sådan noget.

Der var selvfølgelig ingen problemer, og få minutter senere var han på vej gennem lufthavnens såkaldte toldfri butik på jagt efter et sted, hvor han kunne sidde og arbejde lidt i de par timer, det varede, før der var afgang.

Turen, også den del, der var med bus fra lufthavnen i Edinburgh til city, var ganske behagelig. Da han havde afleveret sin kuffert på hotelværelset gik han en tur for at få lidt aftensmad, før han ville gå tidligt i seng. Han skulle allerede se det første show kl. 10 næste formiddag, og han var træt efter turen.

Næste morgen vågnede han kl. 7.08, da hans telefon signalerede, at han havde fået en mail.

Nu var han jo alligevel vågen, så han kunne lige så godt se, hvad det var, selvom han egentlig ikke ventede mails.

Mailen var fra Klasselotteriet med emnet "Tillykke, De har vundet."

København - Rom

København - Rom

To uger i Rom var præcis, hvad han havde brug for. Den første uge var godt nok arbejde med konferencer, møder og pligtmiddage, men bagefter var der en hel uge til ham selv. Han kendte Rom udmærket. Han havde været der adskillige gange med sin kone før de fik børn. Eller ekskone.

For fire måneder siden havde hun erklæret at hun ville skilles. Han kunne forstå på hende, at hun var fast besluttet, og han havde så indvilget i omgående skilsmisse uden forudgående separation. Hun havde tilbudt fælles forældremyndighed, men han havde pænt takket nej. Det var jo først og fremmest hende, der ville have børn i sin tid.

Han var blevet nødt til at flytte, da huset var hendes særeje. Det havde været en betingelse for, at hun kunne arve det, og selvom han dengang syntes, at det var lidt mærkeligt, havde han i bund og grund været ligeglad. Der var ingen gæld i huset, så de eneste udgifter de havde haft til bolig, var ejendomsskatten og selvfølgelig el, varme og den slags.

Flyet var begyndt at køre hurtigere og hurtigere hen ad startbanen, og da det lettede nød han udsigten først ud over Amager og siden Køge Bugt.

Hans første tanke havde været at købe et hus i København, men selvom han tjente forholdsvis godt, var det alligevel for dyrt. I stedet havde han gjort noget, han ellers altid havde forsvoret: Han havde meldt sig ind i en almennyttig boligforening, og allerede få dage senere fået tilbud om et lille, men dog ganske pænt, rækkehus i Albertslund.

Stewardesserne var begyndt at gå gennem midtergangen med deres salgsvogn, og da de kom til hans række, købte han en lille flaske hvidvin.

Deres ægteskab havde egentlig været godt. De havde været gift i godt 10 år og fået to børn med kun et års mellemrum. Det var primært hende, der havde stået for opdragelsen, han havde jo sin karriere. Den slags krævede tid, men der var da også noget, som kun han og børnene havde sammen. Hun var egentlig hjemmegående, men havde insisteret på at bruge sin uddannelse i det mindste nogle timer om ugen, og på sin vis var det da også kun fair, at en universitetsuddannelse med engelsk og tysk ikke bare var helt spildt. Hun skyldte jo sådan set samfundet at betale lidt tilbage ved at lade andre få glæde af hendes viden.

Det blev så til to aftener om ugen på VUC, hvor hun underviste enkeltfagskursister i tysk den ene og engelsk den anden.

De to aftener havde han og ungerne udviklet deres helt eget ritual. Tirsdag tog han burgere med hjem, og torsdag bestilte de pizza udefra. Indtil sengetid fik de så lov til at spille på deres playstations længere tid end de andre dage. De var sikkert kede af ikke at have de aftener længere.

Hans kone, ekskone, var begyndt at arbejde på fuld tid på et gymnasium. Men det var jo så den pris, hun måtte betale for sin beslutning.

Da han havde drukket sin vin, satte han sig til at sove en times tid, og vågnede i god tid til at kunne følge indflyvningen til den store lufthavn ved Rom.

Han spekulerede igen over, hvad der var sket de sidste fire måneder og over, hvor hurtigt tingene kan ændre sig her i livet.

Han forstod det faktisk ikke bedre nu, end han havde gjort tidligere. Han syntes stadig at skilsmisse var en meget voldsom ting, ikke mindst over for børnene.

Men hun havde jo været helt klar i mælet, og så måtte det jo blive sådan. Overreaktion eller ej.

Han kiggede efter stewardessen. Hun var egentlig ret lækker. Hun lignede faktisk hende, han havde været sammen med.